EDIFICAR

UNIVERSOS

Jesús Cristóbal Socas Trujillo

Negocios de Cuerpos y Almas

europa
ediciones

© 2024 **Europa Ediciones** | Madrid
www.grupoeditorialeuropa.es

ISBN 9791220150361

I edición: noviembre del 2024

Distribuidor para las librerías: **CAL Málaga S.L.**

Impreso para Italia por *Rotomail Italia S.p.A. - Vignate (MI)*

Stampato in Italia presso *Rotomail Italia S.p.A. - Vignate (MI)*

Negocios de Cuerpos y Almas

A mis amados padres, quienes han sido mi roca y mi guía a lo largo de los años, y a mis queridas hermanas y hermano, cuyo amor incondicional ha sido mi mayor fortaleza. A mis valiosos amigos Iraima, Ana, Cándido, Alessandro, Fran, Kike y Teresa, quienes han sido faros de luz en los momentos más oscuros, demostrándome la verdadera esencia de la amistad. A mis estimados alumnos y alumnas, quienes me inspiran a ser mejor cada día. A todos ustedes, por su inquebrantable apoyo, por su capacidad de superar obstáculos y por ser mi constante fuente de inspiración. Este libro es también de ustedes, porque sin su presencia en mi vida, esta obra no sería posible. ¡Gracias por todo!

Contenidos

ESCLAVITUD

-GABRIELA

-AMÍN

GABRIELA

La luz del atardecer se adentra tímidamente a través del viejo muelle del municipio norteño de Garachico, mientras las olas impactan contra el espigón y la brisa marina impregna cada rincón del pueblo. Hoy es domingo y el calor de un verano prematuro anima tanto a los habitantes de la zona como a decenas de turistas a caminar o a llenar algunas de sus terrazas.

Gabriela me espera mientras observa el vaivén de las olas; la reconozco rápidamente por la descripción que me dió Laura, una de las chicas que trabaja en unas de las ONG más importantes de las islas Canarias. Gabriela mide aproximadamente un metro ochenta, tiene piernas largas, pelo negro rizado, labios gruesos y unos ojos de color esmeraldas que te atrapan. Su piel es de color café y un pequeño lunar negro adorna cara, la cual parece cincelada por los propios dioses.

11

Me acerco lentamente, me observa y sonríe. "¿Eres Jesús?", me pregunta mientras muestra una dulce sonrisa. "Sí, encantado de conocerte", le contesto. Nos quedamos unos instantes indecisos mientras una gaviota suelta su particular graznido al sobrevolar nuestras cabezas. Nos reímos y comenzamos a caminar.

Vamos caminando mientras hablamos de cosas banales, como el tiempo, y nos acercamos al Castillo de San Miguel. Buscamos un espacio tranquilo donde poder sentarnos, sin pretenderlo, acabamos en la cercanía del nuevo muelle.

Gabriela comienza a relatarme su historia:

"Soy Gabriela, tengo 35 años y soy natural de Recife, una de las ciudades más pobres de Brasil. Procedo de una familia humilde, soy la cuarta de seis hermanos y digamos que mi entorno familiar no era precisamente el idóneo, mi padre era abusivo, digo "era" porque ya murió. Las palizas a mi madre y a mí eran casi semanales, pero eso no era lo peor dado que los abusos sexuales comenzaron cuando yo tenía 12 años. Primero fue él sólo, después mi tío y uno de mis hermanos mayores, buscaban cualquier excusa para estar a solas conmigo y forzarme a realizarles mamadas o penetrarme vaginal y analmente. Mientras eso pasaba, en la habitación de al lado dormía o estaba el resto de la familia haciendo una vida normal, yo gritaba, suplicaba ayuda pero nadie me hacía caso.

Dejé de comer, de asearme y dormía a ratos. Hacía todo lo posible para ser y parecer lo más repugnante posible, pero aún así seguía sucediendo. Pasaron los años y en varias ocasiones quedé embarazada. Cuando mi familia se enteraban, me pegaban tantas palizas que acababa siempre teniendo un aborto.

Cuando faltaban pocos meses para cumplir los dieciocho años, una mujer se me acercó mientras realizaba la compras. Se presentó y me preguntó mi edad. Al principio, me sentí desconfiada, pero decidí responderle. Cuando supo de que en pocos meses alcanzaría la mayoría de edad, me dijo que estaba buscando una joven para cuidar su casa y que a cambio me daría un buen sueldo, comida y alojamiento. Quedé emocionada, ya que esta parecía mi oportunidad para salir del infierno en el que vivía. Sin pensarlo mucho le comenté que sería un placer, pero tendría que pedirle a mi familia permiso o esperar a ser mayor de edad. Ella sonrió y me aseguró que ella misma hablaría con mi familia. Nos fuimos juntas, habló con mis padres y les entregó una buena cantidad de dinero. Recogí mis cosas y salí, para no volver jamás.

Los primeros meses en la casa de la señora fueron maravillosos. Es cierto que no paraba de trabajar desde que salía el sol hasta que se ponía, pero estaba acostumbrada y encima tenía un día y medio para hacer lo que quisiera. Cuando cumplí 18 años, me informó de que en pronto viajaríamos a España para estar allí durante varios meses. Tonta de mí me alegré mucho. Sería mi primer viaje al extranjero, o mejor dicho, mi primer viaje en general.

Todavía recuerdo mi primera experiencia en avión; todo me fascinaba, incluso llegué a disfrutar de las turbulencias," me dice mientras sonríe. "Sin embargo, desde que nos subimos en el avión, ella cambió radicalmente su actitud y se volvió distante, se mostraba fría. Yo creía que simplemente tenía miedo a volar y no le dí mayor importancia."

Llegamos al aeropuerto de Madrid y una vez fuera de la terminal, la Señora me pidió el pasaporte, supuestamente para asegurarse de que no se perdiera. Ingenuamente se lo entregué, ya que en esos meses ella me había cuidado mejor que mi familia en todos los años anteriores. Se acercó una furgoneta, ella me dijo que el servicio tenía que ir en ese automóvil, mientras ella se iría en otro más acorde a su clase social. Aunque temerosa, decidí entrar. Una vez que cerraron la puerta, recibí un puñetazo y me dí cuenta de que junto a mí había al menos diez chicas más. Todas con un denominador común: eramos jóvenes y muy bellas.

Llegamos a un chalet situado cerca de la Sierra, salimos todas de la furgoneta y nos entraron dentro de la casa a base de golpes. Un hombre salió, nos dijo que si hacíamos lo que él y sus hombres pidieran nos iría bien, pero que si una sola incumplía las normas 'todas' sufriríamos las consecuencias. A partir de ahora todas éramos de su propiedad, nuestro trabajo sería abrir nuestros 'húmedos coños' para hacer dinero.

Nos metieron a todas en una misma habitación. Dentro estaban dos mujeres de unos cuarenta años, que nos comenzaron a tocar y revisar como si fuéramos un caballo, inclusive nos abrieron las bocas. Cuatro de las chicas que fueron con nosotras fueron catalogadas como no óptimas así que no se quedarían allí. Unas por tener poco pecho y las otras por tener un ligero sobrepeso. Al día siguiente vinieron dos hombres, cada uno se llevó a dos de ellas pero antes pasaron una revisión al 'ganado' que era como nos llamaban.

Todavía recuerdo como uno de esos miserables se fijó en una de las chicas más jóvenes, sus rasgos eran los de una niña y cuando nuestro 'jefe' se fijó en cómo la miraba le dijo que por una buena cantidad de dinero podría follarse su estrecho coño y estrenarla. Salieron y parece que llegaron a un acuerdo, la sacaron y cuando volvió al cabo de unas cuatro horas venía con múltiples golpes, sangraba tanto por la vagina como por el ano. El hijo de puta la había reventado, todas la arropamos, la limpiamos y la cuidamos.

Al día siguiente nuestro 'jefe', las madames y varios de los hombres, nos reunieron a todas menos a la niña, que dejaron en la habitación. Nos dieron ropa nueva, maquillaje y nos indicaron que a partir de esa noche comenzaríamos a trabajar. Sería sencillo, cuando llegaran los clientes, nos debíamos presentar y cumplir con todos sus deseos. Para darnos 'energía' nos obligaron a esnifar coca y beber.

Mi primer cliente fue un hombre de 60 años. Según me vio dijo: 'la puta mulata, para mí. Me la voy a follar de tal manera que la voy a dejar blanca'. Me llevó a la habitación y me penetró de todas las formas posibles; antes de irse me pegó una bofetada y me dijo: 'puta, para que aprendas lo que vale un buen macho español. Te habrán follado los putos negros de tu país, pero hasta hoy no habrás conocido a un buen macho'.

Esa noche tuve cinco clientes más y cuando terminé mi turno me llevaron a la habitación. Allí estaba la niña, otra vez estaba sangrando. El 'jefe' y dos de sus secuaces la habían vuelto a violar. 'Esta vez no me pegaron, me porté bien', recuerdo que eso lo dijo inclusive con alegría, mientras intentaba contener las lagrimas.

A los dos meses, la niña desapareció, llevaba varias semanas con fiebres elevadas y sangrado continuo. No sé qué habrá sido de ella, puede que finalmente muriera como era su deseo, para poder descansar de una vez.

Mi vida era un infierno, palizas, hambre y violaciones continuas. Nadie nos ayudaba y los hombres que acudían a la casa solo veían esclavas sexuales para hacer lo que no se atrevían con sus novias o mujeres. Éramos simples vaginas con cabeza.

Después de un año me vendieron a otra organización, les había llegado nueva mercancía de latinoamérica y

Europa del este. Chicas jóvenes, algunas de ellas vírgenes que animarían a acudir a los más asiduos a la casa."

Gabriela hace su primera parada, respira profundamente, mientras observo una luna majestuosa que intenta reflejar su imagen en el océano. La temperatura había bajado varios grados, tenía la piel de gallina pero no de frío sino de puro asco y rabia. Ella limpia las lágrimas que recorren sus mejillas y un ligero temblor recorre su cuerpo de cabeza a los pies, saca un cigarrillo, lo enciende y comienza a fumar.

Le pregunto qué tipo de hombres acudían a la casa, me responde que de todo tipo, desde políticos (o eso decían ellos), policías, algún famoso, deportistas y hombres de negocios. Al fin y al cabo era supuestamente una de las casas de citas más exclusivas y discretas de Madrid.

El segundo lugar donde la tuvieron esclavizada era un puticlub de carretera, un lugar infecto y miserable. Las habitaciones donde hacía el servicio eran las mismas donde dormía. En esta casa no tenía descanso alguno, era un continuo entrar de hombres que la seleccionaban en una página web antes de llegar.

"Aquí estoy segura de que pillé el VIH, pues si pagaban un suplemento no tenían que usar el preservativo.

Aquí comenzaron a pincharme heroína para poder tenerme a su merced. Me arrastraba por una dosis e intentaba complacer a mis 'violadores' para que dieran buenas referencias a mis nuevos jefes y poder recibir premios.

En este mísero lugar estuve al menos tres años, quizás fuera más tiempo, pero perdí completamente la noción del tiempo. No sabía si era de noche o de día, ni en qué día de la semana estaba o en qué mes y me daba igual, yo solo quería mi dosis para poder volar y dejar mi cuerpo atrás.

Recuerdo el día en el que nos rescataron de manera muy confusa, esa noche más de doce hombres habían pasado por mi habitación y por mi buen comportamiento me habían dado más cantidad de heroína de lo habitual. Estaba completamente ajena, sé que cuando la policía entró dentro de mi habitación y vio que no me podía levantar pidió que viniera una ambulancia, los miré y caí en un sueño profundo. Más tarde me enteré de que tuve una sobredosis y que por poco muero. Al despertarme en el hospital, estaba completamente asustada, no sabía dónde estaba y que había pasado. Entró la psiquiatra, un psicólogo y un policía, me comentaron que me habían rescatado de una red de explotación de mujeres y que necesitaban mi ayuda para llegar a la cabeza de la trama. Les dí los pocos detalles que recordaba, incluida la dirección de la 'Señora', pero no supe ubicar con exactitud la casa de Madrid, solo que estaba cerca de un bosque.

Después de recuperarme totalmente salí del hospital, me llevaron a un centro que estaba situado en otra parte de España. Me dieron alojamiento y formación en hostelería para poder acceder a un trabajo digno. Yo pude salvarme, sé que otras compañeras volvieron a recaer en el mundo de la prostitución. Escapar de esas garras es muy complicado, una vez que caes en la tela, la araña te enreda y se alimenta de ti hasta dejar simplemente tu pellejo, es decir, un cuerpo sin alma.

Conseguí ahorrar dinero y salí rumbo a Tenerife. En ella estaba viviendo uno de mis hermanos con el que conseguí contactar gracias a la Ong y una de mis primas. Él era uno de mis hermanos favoritos, tiene un año menos que yo, me instalé en su casa y comencé a trabajar de camarera.

Actualmente sigo trabajando y gracias a la Ong puedo acudir una vez al mes al psicólogo para intentar atenuar los fantasmas de mi pasado.

Hay algo que no comprendo: aunque la esclavitud se supone que está abolida en todo el mundo, parece que cuando se encuentra a una victima de esclavitud, muchas veces haceís caso omiso. Me parece que España es ahora mismo uno de los lugares más permisivos de Europa. ¿A qué están esperando para tomar medidas?. Somos personas, no mercancía."

<u>AMÍN</u>

Hoy es domingo, el mercadillo de Santa Cruz de Tenerife se encuentra abarrotado de cientos de personas deseosas de encontrar el 'chollo' de la semana. Pese a que el cielo se encuentra completamente encapotado, el calor resulta insoportable, sumado a la sensación de humedad, que es una constante de esta ciudad.

Espero pacientemente la llamada de Amín, un joven marroquí que vive en la isla desde el año 2018, cuando llegó en una de las pateras que surcan el océano atlántico. Su objetivo era llegar a Canarias, a pesar de ser reconocida como la ruta migratoria más mortífera que existe en la actualidad.

Amín tiene actualmente 29 años, tiene los ojos de un impresionante color azul que rivaliza con el color del océano. Su cabellera es oscura y su piel morena. Mide aproximadamente 1,70 metros y tiene un cuerpo bien proporcionado.

Me saluda amablemente y se disculpa por la tardanza. "Anoche terminé tarde de trabajar y me quedé dormido rápidamente." Nos sentamos en un bar cercano al hermoso mercado de Nuestra señora de África. Yo me pido un café largo y un sandwich mixto, mientras él se decanta por un nestea de mango piña.

"Llegué a Tenerife en el año 2018 en una patera, buscando una vida mejor tanto para mí como para el resto de mi familia. Casi no llegamos a tierra y tuvimos que ser rescatados por Salvamento Marítimo, ya que nuestra barca tenía un boquete por donde había comenzado a filtrarse el agua. Creíamos que estábamos a punto de morir. Cuando pisamos tierra firme, lo primero que nos hicieron fue una revisión médica. Nos dieron comida así como ropa limpia y seca. Estuvimos retenidos durante varios días, supuestamente íbamos a ser retornados a Marruecos. No lo pensé mucho y un día cogí una bolsa con un poco de ropa y salí por patas. No tenía intención de volver, aunque tuviera que vivir en la calle, necesitaba ganar dinero para mandar a mi familia y mi única oportunidad de conseguirlo era en España.

Las primeras noches fueron horrendas, frías y solitarias. Casi no hablaba español y no sabía dónde podía conseguir ayuda, revisaba los contenedores y de ahí sacaba todos los días los alimentos necesarios para poder sobrevivir un día más, la gente me miraba con repugnancia pero el hambre es más fuerte que la opinión de los demás.

Una noche, mientras me encontraba inmerso en la búsqueda de comida en un contenedor, se paró un coche al lado, era un Mercedes negro. En él se encontraba un hombre de pelo canoso, gordo y con bigote que me observaba de arriba abajo como si me estuviera analizando. Me ofreció ir a su casa supuestamente para que me diera una ducha, ropa limpia y comer algo recién cocinado. Al principio dudé, pero parecía ser una persona educada, correcta y de buenas intenciones, así que acepté.

Me subí en el coche, estuvo conduciendo aproximadamente quince minutos entre las calles de Santa Cruz, llegamos a la casa que estaba situada cerca del Parque García Sanabría. Me dio ropa limpia y una toalla blanca. Recuerdo que estuve aproximadamente una hora metido en la ducha. Me resultaba espectacular que saliera esa cantidad de agua y, encima, caliente. Me sequé y me vestí. Al salir del baño, el hombre estaba cocinando unos macarrones con atún. Me acerqué y comenzamos a conversar. La conversación pudo fluir gracias a que él hablaba perfectamente francés y parecía ser que habitualmente viaja a Marruecos por negocios.

Comenzamos a cenar y sin más preámbulo, habló conmigo. 'Amin, eres un jovén atractivo y estás en una situación limite. Yo te puedo dar todo lo que tú necesitas y solo te pido mantener relaciones sexuales cada vez que me apetezca; también deberás limpiar la casa y hacer todo lo que haría una mujer en la casa'.

Le dije que no, pero no le importó. Mientras hablaba se había colocado detrás de mí, me golpeó, me dejó aturdido y me violó. Después de eso sacó una pistola de una gaveta y me dijo que si no me quedaba con él me pegaría un tiro. Nadie me echaría de menos y un moro menos en el mundo tampoco es que se fuera a notar.

Me quedé completamente aterrado. Le dije que sí y me llevó a una habitación sin ventana. En ese cuarto tenía una televisión, una cama y poco más; me comentó que esa era la habitación del servicio y que a partir de ahora sería la mía. Cerró la puerta con llave y pasé la primera noche encerrado físicamente porque mentalmente me encontraba en mi casa, rodeado de mi familia.

Al día siguiente se acercó a la habitación, golpeó la puerta y me dijo que me acostara en la cama boca abajo completamente desnudo. Lo hice, se subió encima de mí, apretó el cañon de la pistola contra mi cabeza y repitió la violación. En esta ocasión dos veces seguidas, y no conforme con esto llegó inclusive a correrse dentro de mí, dejandome el ano completamente reventado.

Salió de la habitación, me trajo el desayuno y me dio permiso para poder ducharme. Entré en la habitación y él salió de la casa para ir a trabajar, olvidándose completamente de cerrar la puerta de la habitación con llave. Aproveché la situación, abrí la puerta del cuarto y revisé la casa. Encontré una buena cantidad de dinero en efectivo y decidí salir de la casa sin pensarlo mucho. Fui al primer locutorio que encontré, llamé a mi familia como es lógico, jamás le he contado lo que me pasó esa noche, creo que me sentía culpable, es más todavía lo siento así. También me beneficié que el chico del locutorio era marroquí y le pregunté si conocía alguna persona que alquilara una habitación económica. Allí se encontraban dos compatriotas que me ofrecieron su casa, al parecer tenían una habitación disponible y el precio estaba bastante bien. Fuimos allí, me sentí a gusto y dejé mis cosas en la habitación antes de salir a dar un paseo todos juntos.

En las cercanías de plaza de España, me encontré al Señor del bigote" (le pregunté por su nombre y Amín dice no saberlo, aunque sospecho que más bien no desea decirlo) "quien intentó obligarme a entrar en su coche. Los otros dos individuos (por llamarlos de alguna manera) le enfrentaron y salió por patas. Lógicamente, me preguntaron el por qué de esta situación, así que les conté lo que había vivido. Ambos se miraron pero no comentaron nada. Continuamos toda la noche de fiesta; cierto es que tantos los hombres como las mujeres me miraban con deseo. Aún hoy en día me sigue pasando," me dice con una sonrisa dibujada en sus cara. "Para ellos, esta situación no pasó desapercibida. Entre risas, me comentaron que quizás me fuera bien como chico de compañía. Cerró el último garito en el que estábamos y decidimos regresar otra vez a la casa.

Cuando llegamos a ella, me pegaron entre los dos una soberbia paliza. Me dejaron claro que a partir de ahora sería su puto, que me iban a ofrecer a hombres, blancos y maduros, para que me usaran a cambio de dinero fresquito, que total si pude aguantar una vez también podría hacerlo varias veces más. Estuve en esa situación durante casi medio año. Estaba completamente vigilado, tanto de día como de noche, incluso cuando salía de la casa para hacer un servicio. En una de las citas en casa de un cliente, logré huir aprovechando que él que me estaba vigilando, tenía a una chica practicandole una felación en la parte de atrás del coche.

Llegué a la casa y no había nadie. Tomé mi ropa, el dinero y me dispuse a huir. En esta ocasión, me fui al sur, a casa de un cliente que se había vuelto un amigo. Pude contactar con él gracias a un móvil que tenía escondido en el colchón de mi habitación. Me pidió un taxi y me quedé en su casa durante varios meses sin salir, por miedo a las represalias. Después, gracias a él conseguí encontrar un trabajo como camarero.

En este trabajo conocí a la que actualmente es mi esposa, fue a la primera persona a la que le conté las situaciones que había vivido. Comenzamos a salir, nos fuimos a vivir juntos y finalmente nos casamos. Ahora estoy feliz, tengo tres hijos y puedo mandar dinero a mi familia cada mes para poder subsistir."

Mientras me contaba su historia, Amín pasa por un mar de emociones. Sin embargo, sus ojos brillan de ilusión y esperanza cuando habla de su mujer y de sus hijos. Incluso me comenta que ella llegó en el momento oportuno, porque sin ella, se hubiera quitado la vida. "Cada noche tenía pesadillas y me levantaba completamente sudado." Le pregunto si no teme que alguna de esas personas vuelva a intentar a hacerle daño de nuevo. En respuesta, lanza una risa estridente y dice: "¡Qué se atrevan! Porque juro por Alá que acabaría con ellos." Le pregunté por qué no había denunciado a la Policía. "Por miedo. Nosotros, pese a sufrir agresiones y violencia, preferimos callar antes que denunciar, por temor a ser obligados a volver a nuestros países de orígenes."

Amín se levanta, pagamos el desayuno y el almuerzo que consumimos en el local. Salimos y vemos un arcoíris reflejado en el cielo. Él lo señala y me dice: "Lo ves Jesús, inclusive cuando parece que nada tiene solución, siempre acaba apareciendo un rayo de luz y esperanza."

PROSTITUCIÓN COMO ÚLTIMA OPCIÓN

-YOLANDA

-FÁTIMA

YOLANDA

Hoy hay Luna llena, su luz impregna las calles de la capital cultura de la isla de Tenerife, nada más y nada menos que San Cristóbal de la Laguna, es una noche entre semanas por lo cual las calles del casco histórico se encuentran completamente vacías y solo algún viandante recorre las mismas.

Quien me conoce sabe que no soy un amante de la noche, más bien soy una persona que se levanta antes que el sol y me acuesto según la oscuridad se apodera del cielo, pero en esta ocasión mi entrevistada solo tiene disponible esta noche para contarme su historia. Se hace llamar 'Yolanda' en el mundo de la prostitución de las mujeres transenxuales.

Yolanda es una autentica belleza eslava, su pelo es de color rubio que parecen los ultimos rayos del sol, sus ojos son de un color azul que parecen sacados de un glacial, sus labios son finos pero sensuales y todo ello completado con un cuerpo escultural.

Cuando Yolanda me ve me saluda. Yo tímidamente le devuelvo el saludo, tengo que confesarles que es tal su belleza que me quedé completamente anonadado.

Nos saludamos y me dice que lamenta haberme citado en La Laguna a estas horas pero que tenía miedo de que fuera algún loco y que prefería ir a una zona donde ella pudiera escapar fácilmente en caso de que así fuera.

Me dice que podemos ir a algún sitio cómodo para comenzar a relatar su historia; le comento que si fuera posible estuviéramos cerca de la estación de guaguas dado que tendré que coger la última para poder acudir a mi casa en Puerto de la Cruz.

Ella se sorprende y me dice "que sí, no me importa, ella podría acercarme a Puerto de la Cruz en su coche."

Acepto y buscamos un banco donde sentarnos para que ella pueda comenzar a relatar su historia.

"Me llamo Yolanda, soy Rusa de nacimiento pero llevó viviendo en Canarias desde que tengo 6 años, vamos que soy tan canaria como el gofio" dice riendo. "Yo soy una mujer trans; desde que tengo conciencia recuerdo que de muy pequeña me gustaba pintarme los labios, ponerme los vestidos de mi hermana y jugar con las muñecas, cosa que enfurecía a mi padre que no dudaba en pegarme con la hebilla del cinturón hasta hacerme sangre en la espalda para curar mi 'mariconería'. En una ocasión fue tan fuerte la paliza que me rompió el tabique nasal, una costilla y un brazo. Después de esta paliza mi madre decidió venirse a Canarias con su hermana porque sabía que si seguía cerca de mi padre acabaría muerta tanto yo como ella misma.

Tuve una infancia tranquila hasta sexto de primaría.

En ese curso comencé a sufrir acoso por parte de mis compañeros; ellos veían que yo no era como ellos y en una de las ocasiones vieron que yo tenía puesto unas braguitas de corazón y aquí comenzó mi infierno que duró hasta 3 de la ESO. Las palizas, abusos verbal y sexual por parte de mis compañeros y algún profesor fue mi constante, lo único que me salvaba era el apoyo de mi familia y de dos amigas.

Comencé con mi cambio hormonal a los 16 años gracias a que contaba con el apoyo de mi madre y a los 18 años me puse los pechos, no sabes lo feliz que fui: ya casi era una mujer completa.

Intenté conseguir varios empleos pero cuando veían que en mi DNI salía que era de género masculino enseguida ponían alguna disculpa para rechazarme, incluso en una de las ocasiones unos de los empresarios que me entrevistó me dijo: 'Yo no quiero travelos dentro de mi negocio que son todas unas putas y están todas locas'. Recuerdo que lloré y el tío ni se inmutó.

Mi madre falleció y yo seguía sin tener un empleo, busqué la opción más sencilla y comencé a prostituirme. Al principio en la calle pero después de sufrir varios robos y agresiones, me di cuenta de que si seguía ejerciendo en la calle acabaría más pronto que tarde muerta en alguna cuneta, así que decidí ofrecerme a través de los anuncios en periódicos y me creé mi propia página web, de algo me tenía que servir todos los cursos de ofimaticas y creación de páginas web que había realizado. Aún así en algunas ocasiones me venía algún loco y así que contraté a un chico del gimnasio donde acudo para que haga de 'chulo' con esta triquiñuela, consigo estar más segura."

Le pregunto a Yolanda si ha llevado a cabo su paso final, es decir, si ya se ha podido realizar la vaginoplastia.

"No, Jesús no me he realizado el cambio todavía, ahora mismo puedo decir que no es por falta de dinero sino que si lo hago perdería a mi clientela, muchos hombres heterosexuales se sienten atraído por nosotras por el mero hecho de tener un pene, les da morbo que les cabalguemos y a muchos les excita realizarnos 'mamadas'.

También te puedo decir que mi objetivo es dejar la prostitución dentro de cinco años, hacerme la vaginoplastía y poder realizar un negocio de creación de paginas web y similares, soy buenisima realizando este trabajo pero quiero tener un fondo importante para cubrir posibles problemas y gastos.

Comencé a prostituirme por necesidad, era eso o morirme de hambre, si no me hubiera marginado y humillado en las entrevistas laborales jamás y te repito otra vez jamás me hubiera prostituido.

Cuando te haces 'puta' pierdes parte de tu dignidad y te rompes el alma en varios pedazos que desaparecen hasta deshumanizarse, te vuelves loca por no perder tu esencia y la cordura, te debes recordar que eres humana y que no debes agacharte ante nadie.

España dice que ha avanzado, pero yo todavía creo que no es así, si una mujer o un hombre se dedica a la prostitución por no tener alternativa representa un fracaso del pais entero y también te digo una cosa: las mujeres y hombres trans todavía estamos marginadas, nos cuesta mucho acceder a los puestos de trabajos y debemos luchar contra la discriminación y estereotipos que nos pone toda la sociedad.

Yo no quería ser puta, yo no quiero ser puta y sé que dejaré de serlo pero no así cientos de jóvenes que al igual que yo verán en ella la única alternativa, queremos que nos integren no somos personajes de un circo, somos personas con sueños y deseos.

FÁTIMA

"Nunca pensé que llegaría a convertir mi cuerpo en un negocio", fueron las primeras palabras que me dijo Fátima mientras paseábamos por los exuberantes senderos del maravilloso macizo de Anaga.

Fátima es una mujer en la plenitud de su vida, con cabello negro azabache, piel morena, labios finos y ojos de gato. Mientras caminábamos, no era raro que tanto hombres como mujeres se dieran la vuelta para observarla. Puede ser debido a su belleza o a la seguridad que irradia, atrayendo a las personas como las polillas a la luz de una bombilla.

Hoy es uno de esos días en los que agradezco llevar una buena grabadora, ya que caminar entre senderos centenarios y árboles milenarios parece relajar a nuestra protagonista, permitiendo que abra su corazón y comparta sus vivencias.

"Fui prostituta por necesidad", me dice de manera tajante. "Mi pareja y padre de mi hijo desapareció de nuestra casa después de las navidades con su amante, se llevó todo, incluso los ahorros que teníamos en casa y en la cuenta de ahorros. Mi pequeño tenía en ese momento 4 meses y a mí me habían despedido de mi trabajo cuando se enteraron de mi embarazo, así que estaba completamente desamparada.

Recuerdo que entré en pánico y comencé a llorar tan fuerte que mi vecina tocó con insistencia la puerta de mi casa.

'¿Qué pasó, cariño?', me dijo alarmada.

'Me dejó, mi marido me dejó, sola con el niño, la casa y se llevó todo nuestro dinero', le dije casi a gritos.

Ella me miró con pena y compasión, y me di cuenta de que era mi vecina Penélope, una mujer que había trabajado en la calle en un polígono cercano a nuestro residencial. Siempre la había tratado de manera deplorable, con asco, e incluso le negaba el saludo cuando la veía en las zonas comunes.

Ella fue mi apoyo durante los meses de maternidad. Me ayudó a pagar las facturas de agua y luz, me traía comida y me acompañaba a los médicos tanto para mi pequeño como al psicólogo para mí, haciendo de niñera en esas horas. Pero había un gasto que aumentaba de manera extraordinaria cada mes: el alquiler. Mi casero fue generoso, pero después de seis meses me dio el aviso de que a partir de ahí debería comenzar a realizar el pago de manera religiosa o debería salir de la casa.

Una noche, ambas nos encontrábamos en la cocina de su casa, tomando café mientras ella se arreglaba para su trabajo. Sin rodeos, me planteó la posibilidad de hacer la calle. Al principio renegué de esa posibilidad. Yo no era prostituta, pero los días pasaban y mi casero me presionaba para que comenzara a ponerme al día en las cuotas impagadas. Finalmente, acepté y dejé a mi hijo con Laura, la hija mayor de Penélope. Me preparé física y mentalmente para mi primer día en las calles de un polígono como prostituta."

Le pregunté a Fátima cómo fue esa preparación. Ella me miró, se rió y con una sonrisa burlona me contestó: "Con dos buenos chupitos de tequila y vodka, los justos para envalentonarme, vestirme lo más sexy posible y salir a arrasar."

Mi primera experiencia fue con un taxista, amigo y cliente de Penélope. Ella fue quien facilitó ese proceso porque quería que mi primera experiencia fuera lo menos traumática posible. Recuerdo que era un hombre de unos 30 años, limpio y hasta me atrevo a decir que estaba muy bien. Me resultó raro e incómodo. Recuerdo que me pagó y salí del taxi temblando. Fue el primer cliente de mi vida pero no el último.

Conseguí ponerme al día, pero este trabajo trajo consigo inconvenientes en mi vida diaria. Muchas personas dejaron de hablarme y me dieron la espalda, pero yo estaba consiguiendo pagar mis deudas y conseguí ahorrar algo de dinero.

En el polígono éramos un grupo bastante amplio de mujeres y transexuales haciendo la calle. Todas estábamos allí por propia iniciativa o eso creo yo. Nos cuidábamos entre nosotras y nos defendíamos de algunos clientes que creen que por pagar debemos permitir que nos hagan cualquier cosa.

Recuerdo que en una ocasión estaba saliendo del coche de un cliente después de que este me pagara, cuando comencé a escuchar gritos de auxilio de parte de Maribel, una de las mujeres transexuales más antiguas y a la que llamábamos cariñosamente Mamá. Todas las que estábamos alrededor fuimos corriendo hacia ella. Había tres cabezas rapadas golpeándola. Les caímos encima y se fueron corriendo.

Maribel quedó en mal estado. Le habían partido un brazo y abierto la cabeza. También tenía la boca reventada. La mayoría de sus dientes estaban rotos y estaba soltando sangre de manera abundante. Estuvo hospitalizada cerca de quince días y dejó la calle. Gracias a Dios, era una mujer muy ahorradora. Igualmente, entre todas la ayudamos y la acompañamos. Casi todas las noches venía a visitarnos y nos traía algo fresco para tomar si era una noche calurosa o un chocolate caliente en las noches frías.

Finalmente, me enamoré de un cliente y él de mí. Conseguí salir de la calle. Actualmente, estamos viviendo en Tenerife dado que mi esposo es funcionario y lo han trasladado. Pero cada vez que voy a mi ciudad, voy a visitar a mis compañeras.

No creo que se deba abolir la prostitución. Somos un servicio, pero si se llegara a ese extremo, antes que nada deberían realizar un trabajo intenso para que podamos acceder a otros empleos y poder ganarnos el pan."

PROSTITUCIÓN COMO PRIMERA OPCIÓN

-AFRODITA

-NOEL

AFRODITA

Afrodita es el nombre de la diosa del amor y la belleza en la mitología griega, pero también es el nombre de la protagonista de mi próxima entrevista. Tiene el pelo rizado, largo y con reflejos caoba. Sus ojos son grandes, dulces e inocentes, de un color almendrado. Su piel es de un blanco marfil coronado por un lunar cerca de sus labios rojos como amapolas. Es de pequeña estatura y tiene un cuerpo fino como de cristal. Hoy la estoy esperando en el muelle pesquero de Puerto de la Cruz. Sus pasos son enérgicos y transmite una gran seguridad. Mientras camina, se acomoda el pelo, provocando que las personas giren la cabeza para observar su andar sinuoso y sensual. Lleva puesto un vestido blanco que realza aún más su belleza angelical.

"Hola, Jesús. Encantada de conocerte", me dice cuando llega a mi lado. Se sienta y me da dos besos, dejándome la cara manchada del color de su labial. Se ríe y me limpia las marcas con sus manos. "Así que quieres que te hable de por qué me dedico a la prostitución." Le digo que sí, que creo que debo tener en cuenta su punto de vista en este sector. Me mira, sonríe y me da las gracias por dejarla ser parte de este nuevo proyecto.

"Como es obvio, mi nombre no es Afrodita", me dice, "pero es así como me gusta que me reconozcan mis clientes. Y aquí comienza mi historia.

Me llamo Afrodita, soy de Asturias y vivo en Tenerife desde hace al menos siete años. Soy una escort de lujo; no soy una prostituta al uso. Yo elijo a mis clientes, elijo las horas que trabajo e incluso lo que quiero hacer con ellos, y eso para mí es innegociable. Obviamente, ellos saben mis condiciones antes de concertar una cita conmigo.

Soy graduada en bellas artes y actualmente curso el grado en filología hispánica. Hablo tres idiomas además del español, como son el inglés, francés y alemán. Practico deporte de manera habitual y cuido mucho mi físico."

Le pregunto cómo se metió en este mundo, cómo una chica con su formación y preparación que podría estar trabajando en otro sector acabó en la prostitución. Me mira y se muerde los labios.

"Comencé en este mundo por casualidad. Cuando vine a Tenerife, lo hice huyendo de una familia abusiva que me usaba como un saco de boxeo para volcar sus frustraciones."

"¿Fuiste maltratada físicamente?", le pregunto.

"Ojalá", me responde ella. "Los golpes físicos se curan, pero los psicológicos son más complicados de sanar", continúa. "Llegué con lo justo para poder pagar varios meses de alquiler y algo de comida. La casa se la alquilé a un viudo que tenía varias propiedades. Cuando me enseñó la casa, le dije que no tenía avalista ni podía dejar fianza, pero que soy muy cumplidora. En un principio se iba a negar, pero me vio con lágrimas en los ojos y se ablandó. 'Venga', me dijo, 'pero a cambio permíteme que te invite a cenar'. Yo alegremente le dije que sí.

Esa noche se acercó y me recogió en su coche. Me subí, y fuimos a uno de los restaurantes más famosos de Tenerife. La gente se daba la vuelta mientras pasábamos. Me fijé en que los hombres, y algunas mujeres, lo miraban a él con auténtica envidia y a mí con deseo. Él me paseó ufano entre las mesas, y comenzamos a cenar. La charla fue bastante amena, y él quedó gratamente sorprendido cuando vio que soy una persona muy culta, sobre todo cuando comencé a desgranar todos los entresijos del cuadro del *Jardín de las Delicias* o cuando debatimos sobre política nacional. Terminamos de cenar, y me llevó a mi casa de nuevo. Me dio 300€ y me dijo que le gustaría ir de viaje conmigo. Recuerdo que yo estaba medio achispada, y que él, pese a su madurez, era un hombre muy atractivo. Entró en casa y me hizo el amor. Caí rendida y me dejó otros 300€ en la mesilla de noche.

Al día siguiente, me desperté con una ligera resaca y recordé todo lo que había pasado esa noche. Me había pagado por cenar con él y luego, pese a ser yo quien quería practicar sexo, también me pagó. En menos de cuatro horas había ganado 600€. Esto fue un choque para mí, y me di cuenta del universo de posibilidades que se habría ante mi futuro.

Le llamé y le agradecí la noche que habíamos pasado. Se rió y me dijo que era él quien estaba agradecido, que varios amigos le habían llamado al verle con esa linda jovencita. Él me defendió; no quería que creyeran que era una simple prostituta. En tal caso, yo era una acompañante.

Me hizo gracia esa definición. Me dijo que uno de sus grandes amigos estaba pasando un duelo extremadamente duro. Hacía varios años que había fallecido su esposa y que quizás yo podría volver a alegrar ese viejo corazón, obviamente si yo quería y no haría nada para lo que no me sintiera cómoda. Le pedí varios días para pensar en la propuesta, colgué y casi de manera instantánea acepté.

Salí ese día de la cama, con los pezones erectos y sintiéndome más poderosa que nunca. Me metí bajo la ducha mientras las frías gotas de agua impactaban sobre mi piel, y decidí que nunca nadie tendría poder sobre mí.

Le pregunto si solo ha tenido a esos dos clientes. Se ríe y me dice que obviamente no, que ahora mismo tiene una cuenta en la plataforma de OnlyFans y que acepta clientes bajo una serie de circunstancias y que estén de acuerdo con sus condiciones.

"¿Jamás has tenido una mala experiencia?", le pregunto.

"Sí, he tenido varias. En algunas ocasiones me han agredido físicamente e incluso me han llegado a robar, pero han sido en muy pocas ocasiones."

"¿Crees que la prostitución debe ser abolida o legalizada en nuestro país?", le pregunto. Aquí se queda pensando largamente. Veo cómo una pequeña gota de sudor se desliza lentamente por su cuello. Saca un pequeño pañuelo de seda y se lo seca.

"Creo que debe ser regularizada. Debemos tener derechos laborales, poder denunciar los abusos laborales por parte de los empresarios y contribuir a la economía de nuestro país. Pero también las sanciones a los esclavistas deberían ser más severas y las sanciones económicas aún mayores. ¿Cómo es posible que la penalización máxima sea de cinco años y que ésta pueda reducirse por buen comportamiento? ¿Ese es el precio por la libertad sexual, laboral y personal de una persona? Queda mucho por hacer, pero la abolición no es la solución. Nosotros y nosotras también cumplimos una función social."

NOEL

Comienza a atardecer en Playa Jardín, un lugar mágico en el municipio de Puerto de la Cruz. El sol desciende lentamente en el horizonte, pintando el cielo con tonos cálidos mientras las olas rompen suavemente en la orilla. Camino despacio por la playa, observando cómo los últimos bañistas se sumergen en las aguas del Océano Atlántico y varios niños juegan a las palas en la arena. Las risas de un grupo de adolescentes que juegan a las cartas llenan el aire, creando una atmósfera relajada y vibrante.

Es entonces cuando veo a Noel aparecer por las escaleras que descienden desde la Playa del Medio, un nombre que ha sido parte de la tradición de su familia durante toda la vida. Noel tiene el pelo rapado, ojos rasgados y un cuerpo escultural adornado con varios tatuajes que le confieren una apariencia única y atractiva. Alza su mano en señal de saludo y, con una sonrisa amplia, saca una pequeña bolsa que contiene dos cervezas bien frías. Extiende su toalla en la arena y me invita a unirme a él.

"Esto será una velada larga", me dice con entusiasmo mientras nos sentamos, abrimos las cervezas y brindamos por la vida.

"Me llamo Noel, soy de Tenerife de toda la vida, y me dedico a la prostitución desde que tengo 20 años. Lo hago básicamente porque disfruto del sexo, de dar placer y de recibirlo. Recuerdo la primera vez que me pagaron por mantener una relación sexual. Fue con una madrileña cuarentona que estaba en la isla por una despedida de soltera. Estábamos con mis colegas, bailando y divirtiéndonos, cuando vimos a ese grupo de maduras que estaban celebrando la despedida con penes de plástico en sus cabezas. La idea de un encuentro rápido y sin complicaciones nos tentó, así que nos retamos a acercarnos.

Entre baile y baile, comenzamos a interactuar con ellas, y en menos de diez minutos estábamos fuera de la discoteca. Ahí fue cuando realmente noté la diferencia de edad entre la señora y yo, y sinceramente, quería marcharme. Sin embargo, ella estaba extremadamente excitada y me suplicó que fuéramos a su hotel, prometiéndome una generosa propina a cambio. La miré nuevamente y al menos tenía unos pechos enormes, así que acepté su oferta. Después de nuestro encuentro, me entregó 100€. Salí del hotel alucinando, había tenido relaciones sexuales y, además, me había pagado por ello. Fue una noche realmente espectacular.

Me di cuenta de algo que mis colegas me habían dicho toda la vida, y es que era un imán para las MILFs, esas señoras maduras que buscan jovencitos con los que cumplir sus fantasías sexuales y, de alguna manera, desquitarse de sus maridos.

Soy un chico joven, atractivo, con un buen físico, y además, tengo una mente tan entrenada como mi cuerpo", me dice entre risas. "Esa combinación es algo más difícil de conseguir, y quizás sea una de las razones por las que me considero uno de los escorts masculinos heterosexuales más demandados en Canarias", me dice con cierto orgullo.

"Siempre he aspirado a ser el mejor en mi campo. Por eso, no solo me he dedicado a cuidar mi cuerpo, sino también mi mente, aprendiendo sobre protocolo, literatura, arte y otros muchos aspectos.

Mi rutina diaria es intensa. Me levanto de lunes a jueves a las 6:30 de la mañana, me aseo y bajo a pasear a mi perro. Luego, me dirijo al entrenamiento con mi entrenador personal, dedicándole dos horas al ejercicio diario. Al llegar a casa, me ducho y desayuno. Continúo con mis estudios y asisto a clases de alemán e inglés. Por las tardes, practico yoga, toco el piano y salgo con mis amigos.

Ellos y mi familia son conscientes de a qué me dedico; para ellos, soy el amo. En cambio, mi madre y mi padre están deseando que deje este trabajo y que sea algo más 'normal'. Sin embargo, trabajando dos o tres noches a la semana, gano cerca de 7200€ al mes, además de recibir regalos extras, ya que tengo clientas que reclaman mis servicios al menos una vez al mes.

Obviamente, sé que no podré dedicarme a esto toda la vida, pero mientras tenga la posibilidad de hacerlo, lo haré."

Le pregunto a Noel si le gustaría formar una familia en el futuro, y me mira con cierta sorpresa. "Quizás, pero eso no entra dentro de mis objetivos en este momento."

Luego, le pregunto su opinión sobre la prostitución desde su punto de vista. Él cree que la prostitución es el trabajo más antiguo del mundo y que ninguna comunidad, cultura o religión ha sido capaz de erradicarla. No cree que jamás llegue a ser erradicada por completo.

Considera que la legalización sería la mejor vía, permitiendo a los trabajadores sexuales tener un epígrafe propio en la seguridad social y, de esta manera, obtener los mismos derechos y deberes que el resto de los trabajadores. Para él, prohibir o abolirla nunca ha sido la mejor forma de garantizar los derechos de quienes la practican.

Nos levantamos de la toalla, ya había anochecido y la Luna brillaba por encima de una nube tímida que intentaba esconderla. Nos fuimos de la playa, caminamos por el paseo de Playa Jardín y cada uno se alejó en busca de su rumbo.

EXPLOTACIÓN

-SALVINI

-ANTONIELA

-JOSUE

SALVINI

Tenerife es, sin duda alguna, una isla de contrastes. En pocos kilómetros podemos observar estas diferencias tanto en el clima como en la vegetación. Puedes encontrarte en Puerto de la Cruz con la "panza de burro" y una temperatura agradable, y luego tomar una guagua que te lleve al sur de la isla, donde parece reinar constantemente el sol y la vegetación brilla por su ausencia.

Hoy voy con el corazón encogido, quiero ser sincero con ustedes. Tengo ideas preconcebidas sobre la persona que me toca entrevistar, pero quién sabe, quizás no sea tan horrendo como mi mente lo ha retratado.

Llego a la estación de guaguas de Los Cristianos, donde cientos de locales y turistas recorren el lugar, la mayoría de ellos cargados con grandes maletas. Algunos bajan de la guagua con una gran sonrisa, mientras que otros cogen sus maletas para ir al aeropuerto.

Hoy voy a conocer a Salvini, un hombre de unos 70 años que se ha dedicado toda su vida a ser proxeneta, aunque él se autodenomina como "empresario del sexo". Este hombre es originario de Italia y ha estado encarcelado en su país por tráfico de mujeres y explotación sexual entre otros muchos delitos.

Espero cerca de la estación, donde supuestamente me recogería en su coche, un BMW M4 de color negro con llantas llamativas, o al menos eso es lo que él describió. El coche llega, pero de él sale un hombre que aparenta tener unos 35 años, quien me pregunta si estoy esperando a Salvini. Le respondo que sí y me dice que él me llevará a la casa, ya que el "señor" se levantó con un fuerte dolor de espalda. Desconfío, pero finalmente acepto.

Conduce velozmente y nos alejamos de la zona turística. Llegamos cerca de las medianías y entramos en una gran propiedad, una casa de amplias dimensiones con extensos jardines y al menos dos piscinas visibles.

En las escaleras de entrada a esta mansión, veo finalmente a Salvini, un hombre de baja estatura, obeso y pelo negro azabache. Su actitud es chulesca, fuma un puro y tiene en la mano una copa de vino tinto, más concretamente un "Pingus", cuya botella tiene un precio módico de 1289€, según él me dice.

Subo las escaleras y entramos en su casa. Salvini me lleva hasta una inmensa biblioteca y quedo totalmente anonadado. Él sonríe, se sienta en un sillón y yo me siento frente a él. Me ofrece algo para tomar y elijo un café largo.

"Me llamo Salvini y provengo de una familia humilde del sur de Italia, más específicamente de Arzano. Aunque la mayor parte de mi vida he vivido cerca de Tivoli. Nos mudamos a esa zona del país huyendo de la miseria que estaba destrozando a mi familia, y también para escapar de la familia de una chica a la que mi padre le robó su virginidad. No la violó" se apresura a aclarar, "ya que ella era una joven promiscua y mi padre, como la mayoría de los italianos, era un hombre apasionado.

Comencé en el negocio por pura casualidad. Recuerdo que la primera mujer que 'caté' fue una puta de un prostíbulo de mala reputación. Fue el regalo de mi padre por mis 16 años. El lugar era bastante sombrío y parecía que en cualquier momento una rata podría atacarme. Pero la chica que elegí era muy atractiva, joven y con curvas, una verdadera zorra con la cara de una niña. Después de estar con ella, salí de la habitación y mi padre me invitó a tomar una copa en el local para celebrar mi debut. Comenzamos a hablar y le dije las modificaciones que haría al lugar para convertirlo de un prostíbulo de mala reputación a un lugar exclusivo. Cerca había un grupo de hombres y uno de ellos resultó ser el dueño. Me preguntó si creía ser capaz de lograrlo en menos de un año y le respondí que sí. Él y sus acompañantes se echaron a reír y me dijo que me proporcionaría el capital necesario. Si lo conseguía, entraría como su socio en el local, y si no, tendría que conseguirle una virgen para 'catarla'. Mi padre estaba completamente borracho y yo acepté el trato sin pensarlo ni un instante."

Le pregunto si se arrepiente y me dice que si no hubiera seguido su instinto, seguiría siendo un pobre diablo. Le pregunto si cree en Dios y me responde que sí, pero que ya ha encargado una buena cantidad de dinero para que recen por él y así salir del infierno lo antes posible.

"Comencé a trabajar la semana siguiente. Umberto me estaba esperando en la puerta del negocio, me saludó y

43

entramos. Tenía a todas las chicas, a la madame y al resto del equipo en fila.

Este ragazzo dice que puede darle una nueva vida a este abujero inmundo y conseguir que salga a flote, quiero que cada una y uno de ustedes sigan sus órdenes, quien le desobedezca o le falte el respecto también me lo estará faltando a mí.

Dicho lo cual, salió dejándome delante de todos ellos. Lo primero que hice fue mandar a limpiar y desinfectar todos los espacios, escogí a la puta más jovén y me fui a follar mientras el resto hacía el trabajo. Una vez que me desfogué, salí a verificar que se estuviera trabajando a fondo, allí limpio todo el mundo desde las putas hasta los vigilantes.

El local estuvo una semana cerrada para poder seguir con las reparaciones y cambios necesarios. Las putas fueron transferidas a otro local mientras arreglábamos ese, dado que teníamos que seguir sacando rentabilidad."

Le pregunto qué quiere decir con "sacarles rentabilidad" y él me contesta con un símil "si tu tienes unas vacas y le estás construyendo un establo nuevo, no la dejas sin producir leche durante el proceso. Tu objetivo es seguir ordeñando. Pues con las putas es lo mismo."

"Después de las reparaciones y cambios, fuimos a traer de vuelta al ganado", mientras él decía esto entre risas, yo me mordía los labios, provocándome una pequeña herida. "Además, visitamos a varios proveedores para hacer transacciones y traer lo mejor de lo mejor. También organicé un pequeño evento para Umberto, sus amigos y socios. Quedaron realmente impresionados por los cambios y la nueva selección de trabajadoras que había en el local.

Durante varios años, el negocio prosperó. Nos convertimos en los principales proveedores de putas para políticos, empresarios y famosos de Italia. La gente me saludaba con respeto y Umberto me aceptó como socio. El dinero fluía entre mis manos, pero al igual que llegaba, se gastaba. En esa etapa, consumía cocaína, ropa cara y compré mi primer Ferrari. Umberto murió con una puta turca saltando sobre su polla y los estúpidos de sus hijos me mandaron a la calle. Estuve a punto de rendirme, no tenía dinero y los que antes me saludaban con respeto me daban la espalda.

Una noche recibí una llamada, era un empresario muy poderoso. Me preguntó si sería capaz de encontrarle algunas golosinas para él y varios socios más. Le pregunté a qué se refería, unas virgenes jovencitas, cuanto más jóvenes y con cara de niña mejor. Le dije que me pondría a ello, pero que no sería muy barato. Él se rió y me ofreció una cantidad exorbitante de dinero. Le dije que necesitaba un tercio de ese dinero para encontrar a las chicas adecuadas y al cabo de una hora tenía el dinero en mano.

Recorrí las partes más pobres de mi región, me acerqué a varios colegios de la zona y allí estaban cinco chicas jóvenes, hermosas e ingenuas. Me presenté ante ellas y en pocos días las convencí para que fueran a la fiesta. Las desvirgaron a todas a la vez, ellas recibieron dinero y varios regalos, yo me gané de nuevo una buena reputación y el dinero volvió a mi vida."

Le pregunté cómo se sintió al ofrecer a hombres de edad avanzada unas adolescentes. Me miró con curiosidad y respondió: "Bueno, recuerda, para mí ellas eran simples herramientas o ganado con el que obtener dinero. Nunca les di el mismo valor que a una mujer de verdad, ellas no son para casarse sino para hacer lo que no le harías a tu propia esposa.

Continué ganando prestigio y creé mi propio negocio. Tenía claro que mis clubes no serían simples antros de carretera o lugares infectos. Elegí casas discretas que preparé con sumo cuidado. Cada habitación era una suite con una cama enorme, un salón espacioso, jacuzzi y sauna. Obviamente, también había todo tipo de herramientas y juguetes para aquellos con mentes más perversas.

El filón de oro lo encontraba en las golosinas, chicas jóvenes o con apariencias de ser muy jóvenes, vírgenes y sumisas. Por ellas podía llegar a cobrar lo mismo que por diez mujeres normales."

Le pregunto cómo conseguía a las chicas, me miró y encendió un puro. "Básicamente, las compraba", me respondió. Le pregunté cómo era posible en un país perteneciente a la Unión Europea. Se rió y me dijo una frase muy común en las películas de la mafia: "Todo el mundo tiene un precio, y si ellas no ponían el precio, lo hacía su propia familia". Me relató que no solo conseguía a estas chicas en Italia, sino que también recibía cargamentos de otros países como Rumanía, Polonia, Brasil e incluso Filipinas. Allí era aún más barato conseguirlas, y además venían con la lección aprendida.

Continuó contándome sus peripecias alrededor del mundo y los negocios que llegó a realizar, tanto en Turquía, España como en los Emiratos Árabes Unidos. Los hombres con dinero necesitan obtener exclusividad, pero con suficientes garantías de privacidad y discreción. Sabían que eso es lo que conseguían con él, y me afirma que incluso hoy en día está protegido por personas con mucho dinero e influencia.

"Pero acabaste en la cárcel", le comento. "¿Cómo fue eso posible si estabas tan protegido?" Sus ojos se rasgan con un odio inusitado y dibuja una mueca de asco.

"Fueron los bastardos de los hijos de Umberto", responde. "Me denunciaron antes las autoridades. Al igual que yo, ellos contaban con clientes con gran influencia, buscaron pruebas y las que no tenían las hacían ellos, filtraron mis datos a la prensa y amenazaron a mis clientes con dar a conocer sus nombres con fotografías incluidas de sus fiestas."

"¿De qué te acusaron, Salvini?", le pregunto. "De cosas sin importancia" me responde. Le presiono y me confiesa que de trafico de seres humanos, exclavitud sexual, violación, crimen organizado y pornografía infantil.

Debo confesar que en ese momento me quedé completamente pálido. Sentí cómo el azúcar me bajaba y le pedí permiso para ir al servicio, donde vomité y me refresqué la cara antes de regresar.

"Finalmente, fui condenado a dos décadas de cárcel, pero logré salir antes gracias a mis influencias y acceso a los mejores abogados. En la vida, todo se reduce a dos factores: dinero y contactos. Yo no considero que haya hecho algo malo. Solo soy un comerciante como cualquier otro, compraba y vendía productos, pero en mi caso eran objetos destinados a satisfacer los deseos más depravados de mis clientes.

Soy proxeneta, putero y machista, como dirían las feministas y los depravados, pero yo solo me considero un hombre que no tiene miedo de coger lo que quiere, cuando quiere y sin pedirle permiso a nadie más.

ANTONIELA

Hoy es un lunes de verano, uno de esos días que se confunden y se difuminan con un domingo que parece casi eterno. El sol brilla por su ausencia, pero no así el calor, que se ve incrementado por la agobiante sensación de humedad en el aire. Me preparo para conocer a Antoniela, una mujer polaca de 65 años que reside en Los Realejos desde hace al menos una década.

Antoniela es una mujer de cabello rubio, tan claro que desde lejos puede parecer blanco. Tiene unos ojos grises que transmiten una inmensa tristeza y un pesar inmenso. Es de pequeña estatura y presenta un ligero sobrepeso.

Llego al mirador de San Pedro, uno de los espacios más bellos y emblemáticos del municipio norteño de Los Realejos, desde donde se puede observar la Rambla de Castro y un infinito mar de plataneras.

Me siento en una de las mesas y pido una Coca-Cola fría. Veo que Antoniela se acerca con un lento vaivén mientras se quita las gafas de sol que cubren sus ojos. Llega el camarero, pide una copa de un delicioso y aromático vino blanco, además de queso blanco y aceitunas para compartir. El camarero nos sirve y se retira. Antoniela suspira y mira más allá del horizonte.

"Mi nombre es Antoniela, y durante muchos años de mi vida, trabajé como 'madame' en un prostíbulo en Polonia. Al principio, era una simple acompañante, pero mi jefe, por así decirlo, mi 'dueño', se dio cuenta rápidamente de que no era solo una persona sin educación y que mi inteligencia superaba la de ese 'niedołęga' (zoquete) que dirigía el negocio. Era capaz de realizar cálculos extremadamente rápidos y conseguía que todos los que trabajaban allí me facilitaran la vida.

Un día, cuando vio a uno de nuestros vigilantes haciéndome la pedicura, me llamó a su despacho. Creí que sería castigada, pero en lugar de eso, me pidió que me sentara, me sirvió una copa de su mejor vodka y comenzó a hablar conmigo. Básicamente, me dijo que ya sabía que era muy inteligente y que si quería ascender en el negocio. Por supuesto, le dije que sí. A partir de ese día, comencé a dirigir el negocio. Se lo agradecí y salí de allí sintiéndome como la dueña del mundo."

Antoniela da un sorbo a su vino y se abanica, noto que su mirada se vuelve cada vez más brumosa. Está conmigo, pero su alma, su esencia, está atrapada en un pasado no muy lejano.

Ella continúa su relato: "En muy poco tiempo, saqué mi peor versión. Era como si un espíritu maligno se hubiera apoderado de mi cuerpo y mente. No dudaba en castigar a las chicas si no cumplían mis expectativas. Entre ellas, recuerdo a Anastacia, una joven rusa de cabello rojo rubí y unos ojos color esmeralda. Era la favorita de uno de los políticos más importantes de mi zona. Resulta que ese hombre quería que ella accediera a un acto que ella no deseaba. El cliente, molesto, me mandó a llamar e hice lo posible por cumplir sus deseos."

Le pregunto con manos temblorosas: "¿Qué hiciste, Antoniela?" y me dice: "Entré en la habitación, la abofeteé y la até boca abajo en la cama. Luego, sujeté cada extremidad a una esquina de la cama. El hombre entró, y ella gritó, gritó como si su alma estuviera a punto de escapar por su boca.

En otra ocasión descubrí que una de las chicas estaba quedándose con las propinas que le daban los clientes. Ellas sabían que eso estaba totalmente prohibido, todo lo

49

que ellas producían debía ir a manos del dueño del negocio. Llamé a todas las chicas y a la que robó le rompí los dedos de una mano a martillazo para que sirviera de ejemplo para el resto. Recuerdo que ellas me temían. Cuando pasaban a mi lado agachaban la cabeza e inclusive llegué a obligarlas a hacer una reverencia cuando pasaban a mi lado. Su vida era mía, yo era su dueña, decidía todo, como se vestían, clientes e inclusive lo que tenían que comer.

Vi como le hacían las mayores barbaridades, como llegaban y salían chicas como si de muebles se tratara, como eran deshumanizadas y quedaban a la altura de un insecto, nunca las veía como una igual. Todas estaban por debajo de mí y lo único que me interesaba de ellas era poder sacar la máxima rentabilidad posible.

"¿Por qué dejaste el negocio?", le pregunto. Ella me respondió: "Despues del suceso más escabroso de lo que fui testigo. Uno de los clientes más habituales era un policía de alto rango, era cruel, extremadamente cruel. Recuerdo que estaba obsesionado por conseguir a una embarazada para cumplir sus deseos más depravados, mantener una relación sado con ella. Ofreció una exorbitante cantidad de dinero y obviamente se lo conseguimos, una joven a punto de dar a luz que necesitaba el dinero dado que su familia la había expulsado de su casa por estar embarazada fuera del matrimonio".

"¿Qué sucedió?" Aquí les debo decir que no podía dejar de observarla con repugnancia, asco y odio. Se la llevó a la habitación, ella se puso de parto. "Entramos cuando la escuchamos decir 'Para, estoy de parto', pero el muy cabrón le dio la vuelta y seguía forzandola, la criatura salió y él la lanzó al suelo. El niño murió del golpe y ella al poco tiempo también de pura tristeza.

Después de eso, hablé con mi dueño y solicité mi libertad. Él accedió, ofreciendo una cantidad considerable de dinero y una casa en la isla a cambio. Desde entonces, me despierto cada noche gritando y empapada en sudor. Sé que cuando llegue mi momento, probablemente enfrentaré las consecuencias de mis acciones en el más allá. Aunque creo que quizás allí encuentre descanso, ya que no existe un infierno mayor que el que vivo en vida.

La prostitución es una lacra social. Fui partícipe de ello, y ahora espero que pronto sea abolida y que personas como yo seamos excluidas de la sociedad, contribuyendo así a que esta sea más segura para todos."

JOSUE

Hoy me encuentro en el municipio Norteño de los Silos, ubicado en la conocida como "isla baja" de Tenerife. Es un municipio donde el tiempo parece transcurrir más lentamente que en otros lugares de la isla, y todo invita a vivir en una continua tranquilidad.

Doy un paseo por su pequeño casco histórico, donde la brisa sopla de manera constante y varias mariposas monarcas danzan en el aire. Mientras tanto, un tímido "berdino" toma el sol en una piedra cercana, y varios niños juegan al balón mientras dos señoras de edad avanzada caminan apresuradas hacia la cercana iglesia.

Hoy estoy aquí para entrevistar a Josue, un hombre de piel morena, pelo abundante y una incipiente barriga que se asoma bajo su camisa. Josue fuma un cigarrillo negro que deja un olor penetrante y ciertamente desagradable.

51

Nos sentamos en un banco cercano, y él se disculpa por elegir este lugar, ya que es demasiado conocido en el área metropolitana. Aunque sus amigos y compañeros saben que le gusta visitar "puticlubs", su familia política y su esposa no sospechan nada, aunque él cree que su esposa podría tener alguna idea al respecto. "Parece ingenua, pero no lo es", dice riendo de manera escandalosa.

Josue menciona que Salvini le dijo que quería entrevistar a un "putero", aunque no entiende por qué no lo entrevisté a él, ya que asegura que Salvini es el mayor "putero" que conoce y que probablemente haya estado con al menos una mujer de cada país. Josue habla de Salvini con orgullo, como si fuera su hermano menor.

Le explico que Salvini también está incluido en este libro de relatos, pero en la sección de proxenetas. Josue asiente mientras apaga la colilla en el suelo, y luego comienza a contar su historia sobre por qué consume prostitución.

"Mi nombre es Josue, soy representante de una conocida marca. Obviamente, no diré de que marca se trata, ya que quiero preservar mi privacidad. No es que esté haciendo algo incorrecto, pero ya sabes cómo es la gente, siempre dispuesta a hablar mal de los demás.

Empecé a visitar 'puticlubs' cuando cumplí 18 años. Era el más joven de mi grupo de amigos, y celebré mi mayoría de edad en uno de esos lugares. En ese momento, ya no era virgen, pero nunca había experimentado lo que esa chica que contraté esa noche me hizo sentir.

Era una morena con pechos grandes y un trasero espectacular. Recuerdo que bailó para mí un poco, y enseguida nos dirigimos a la habitación. Ahí me di cuenta de que con mujeres de ese tipo, uno puede hacer lo que quiera, a diferencia de las mujeres 'decentes'. Una cosa es el placer y otra muy distinta es el matrimonio o el noviazgo.

No conozco a ningún hombre que haya visitado prostitutas y no haya vuelto a hacerlo. Si alguien te dice que no lo ha hecho, te está mintiendo. Es como beber el mejor whisky del mundo; sabes que tomarás otro vaso en el menor tiempo posible.

También utilizo los servicios de estas chicas para cerrar negocios. Soy el mejor en mi sector por eso mismo. Sé que si ofreces dinero y sexo a un hombre, es capaz de entregarte incluso el alma de su propia mujer. He cerrado los mayores acuerdos después de que mis clientes recibieran un 'alivio' por parte de alguna amiguita. Para mí, ser 'putero' es motivo de orgullo", dice con una sonrisa.

"Si estás tan orgulloso, ¿por qué no nos reunimos en un lugar más concurrido?", le pregunto. Josue se queda completamente callado y se sonroja desde las puntas de las orejas hasta la nariz.

"Entonces, ¿utilizas el servicio de prostitutas para satisfacer tus deseos sexuales, es decir, para hacer cosas que no te atreves a hacer con tu esposa, y también para fines comerciales?", le pregunto. Él asiente sin dudarlo.

"¿Crees que deberíamos abolir o regularizar la prostitución?", le pregunto. Josue me mira y suelta una carcajada tan fuerte que las palomas cercanas echan a volar. "¿Por qué cambiar algo que está bien como está?", responde. "Ellas están bien, no pagan impuestos, y todas disfrutan cuando tienen a un hombre dentro de ellas. Ojalá pudiera trabajar yo en eso; lo disfrutaría como un campeón. Pero ¿existen casos de esclavitud? Algunas son forzadas, pero si están realmente mal, ¿por qué no escapan? Todas ellas disfrutan de la vida fácil y el dinero fácil."